Dietrich Schilling, Jahrgang 1945, hat nach seinem Germanistik-Studium fast 40 Jahre lang als Hörfunk-Redakteur beim NDR gearbeitet. Er ist verheiratet und lebt als freier Autor in Hamburg.

Stephan Zörnig, Jahrgang 1947, hat in Hamburg als Lehrer am Gymnasium gearbeitet. Er reist gern und spielt Rock'N'Roll.

Der Sprint im Supermarkt

14 Geschichten aus dem Hamburger Alltag

1. Auflage Januar 2023
Copyright © 2023 Dietrich Schilling. Alle Rechte vorbehalten.
Herstellung und Verlag: BoD - Books on Demand, Norderstedt
Umschlaggestaltung, Satz und Layout: Christian Fillies
Titelbild-Gastaltung: Christian Fillies
mit Grafiken von pch.vector / Freepik
Illustrationen: Stephan Zörnig
Printed in Germany
ISBN: 9783756869329
Mehr auf: www.dietrichschilling.de

Dietrich Schilling

Der Sprint im Supermarkt

14 Geschichten aus dem Hamburger Alltag

Inhaltsverzeichnis

1

Im Sand

Es war noch kühl, aber die Hamburger Sonne strahlte von einem ungewöhnlich blauen Himmel. Hoheluft-Ost bereitete sich auf einen wunderschönen Sonnabend vor.

Auf dem Spielplatz schräg gegenüber der Kirche St. Markus hatte er schon begonnen. Eltern wissen, dass dort nur wenige Bänke stehen. Und wer nicht endlos zwischen der großen Rutsche und dem kleinen Bolzplatz herumstehen will, der macht sich rechtzeitig auf den Weg. Wie Joshis Eltern. Die saßen, mit dem Rücken zum Falkenried, längst auf einer Bank und lasen das Hamburger Abendblatt.

Joshi, ihr Sohn, thronte im Sand. Keine 5 m von seinen Eltern entfernt. Bewegungslos wie ein Buddha. Um ihn herum verstreut ein rotes Schäufelchen, ein grünes Schäufelchen, ein Eimerchen und zahllose bunte Förmchen. Doch der zerbröselte Sand-Kuchen, den er gebacken hatte, interessierte ihn nicht mehr. Also schaute er sich nach etwas besserem um. Und das saß ganz in seiner Nähe: ein kleines Mädchen, das einen gelungenen Kuchen nach dem anderen buk. Meditativ versenkt in seine faszinierende Tätigkeit.

Joshi schnappte sich das rote Schäufelchen und krabbelte im Zeitlupentempo auf allen vieren in Richtung kleines Mädchen. Spätestens in diesem Augenblick hätte seinen Eltern Böses schwanen müssen. Doch die lasen das Hamburger Abendblatt und ahnten von nichts.

Erst als sich ein sirenenhafter, messerscharfer Heulton erhob und auch nicht wieder erstarb, wurden sie aufgeschreckt und erkannten das Unheil in seinem ganzen Umfang. Und während sich das kleine Mädchen längst in die Arme seiner herbeigeeilten Mami geflüchtet hatte, schwang Joshi begeistert sein Schäufelchen und zerhackte systematisch all die Sandkuchen, die das Mädchen akkurat nebeneinander aufgereiht hatte.

„Geh du mal!", sagte Joshis Vater zu seiner Frau. Aber die dachte nicht daran. „Ich geh montags bis freitags, am Wochenende bist du dran."

Dagegen gab es kein Argument. Etwas unwillig faltete der Vater seinen Zeitungsteil zusammen, erhob sich von der Bank und hockte sich neben Joshi in den Sand. „Pass mal auf, mein Kleiner", begann er. Aber Joshi passte überhaupt nicht auf. Im Gegenteil. Er ignorierte seinen Papa und zerlegte auch die beiden letzten überlebenden Kuchen.

„Jetzt hör mal zu", sagte der Vater und gab sich Mühe, seiner Stimme einen angemessen erzieherischen Ton zu verleihen. Doch dann schwieg er. Denn tatsächlich wusste er gar nicht, was er Joshi sagen sollte. „Gib mir mal das Schäufelchen", bat er schließlich.

Da Joshi sein Zerstörungswerk abgeschlossen hatte, übergab er dem Papa das Schäufelchen. Der wusste aber nicht so recht, was er damit anfangen sollte, und begann aus lauter Verlegenheit einfach ein Loch zu buddeln. Einfach so.

„Los, du auch, Joshi!"

Er drückte ihm das grüne Schäufelchen in die Hand

und zeigte ihm, wie man ein Loch gräbt.

Joshi beobachtete ihn stumm, aber tatenlos und verzog keine Miene. Auch seine Mutter beobachtete ihren Mann eine ganze Weile. Was daraus wohl wird, dachte sie.

Doch dann fiel ihr plötzlich etwas ein. Sie legte das Feuilleton neben sich auf die Bank und begab sich ebenfalls in den Sand. Nahm Joshi die grüne Schaufel aus der Hand und begann ebenfalls ein Loch zu buddeln. „Guck mal, Joshi!"

Joshua guckte. Mehr aber nicht.

Doch seine Mutter hatte keine erzieherischen Ziele. Sie buddelte und buddelte und beförderte eine Schaufel Sand nach der anderen aus zunehmender Tiefe.

„Früher auf Langeoog haben wir immer zwei Löcher gegraben und dann unterirdisch einen Tunnel vom einen zum anderen gebohrt", sagte sie. Woraufhin ihr Mann auch wieder anfing zu buddeln.

Als beide Löcher tief genug waren, begannen die Eltern mit der Tunnelarbeit. Sie trieben von beiden Seiden je einen Stollen aufeinander zu. Das war nicht ganz einfach. Aber je weiter sie vorankamen und je mehr die Spannung wuchs, desto mehr Spaß machte es ihnen. Irgendwann lagen sie beide komplett auf dem Boden. Auf dem Bauch. Konzentriert. Die eine Gesichtshälfte tief in den Sand gedrückt, die Lippen fest zusammengepresst und jeder einen Arm so tief wie möglich in seinen Stollen gesteckt. Die Anstrengung war ihnen in die Gesichter geschrieben. Aber auch die Begeisterung, die Freude.

Joshi begriff, dass etwas Besonderes vor sich ging. Und auch in seinem Gesicht erschien eine erwartungsvolle Spannung.

„Ich hab dich!", schrie seine Mutter plötzlich.

„Ich auch!", juchzte sein Vater.

Und ohne es zu sehen, konnte man erkennen, dass sich beide Hände in dem Tunnel tief unten im Sand gefunden haben mussten. Denn auf den Gesichtern, auf beiden, erschien ein seliges Lächeln. Etwa genau so musste es ausgesehen haben, als sie sich vor vielen Jahren ineinander verliebt hatten …

Wie gesagt: Es wurde ein wunderschöner Sonnabend. Auch für Joshi. Aber ganz besonders für seine Eltern.

2

Der heimliche Künstler

„Herr Schilling!?"

„Ja …"

Ich schlug das Buch zu, in dem ich gelesen hatte, stand auf und folgte ihm durch den langen Flur.

Alles war blendend weiß: die Wände, die Decken-leuchten, die lackierten Türen links und rechts, sogar die Bodenvasen. Nur einen weißen Kittel, den trug er nicht; heute sind die Ärzte anders. Auch dieser sah aus wie einer von den unzähligen, ganz normalen Männern in ihren Dreißigern oder Vierzigern. Dynamisch, drahtig laufen sie durch die Welt, immer in Richtung Zukunft. Sneakers, Jeans, T-Shirt, kurze Haare, wahlweise polierte Glatze, durchtrainierter Körper. ‚Selbst die erfahrenen unter ihnen sind inzwischen schon eine ganze Generation jünger', dachte ich. Mit schnellem, festen Schritt ging er vor mir her. Ich musste mir Mühe geben, ihm zu folgen, obwohl ich nicht unsportlich bin.

„Hier hinein, bitte!"

Das Sprechzimmer, das ich betrat, sah aus wie eine Mischung aus Arbeits- und Wohnraum. Es hatte nichts mehr gemein mit den nach Medikamenten und Desinfek-tionsmitteln riechenden Arztzimmern, die ich aus meiner Schulzeit kannte. Zum Fenster hin stand ein Schreibtisch, auf dem nichts zu sehen war außer einem PC. Davor ein ziemlich alter und abgenutzter, aber sehr geschmackvoll bezogener Sessel. In der Ecke ein graphitgrauer Büroschrank mit etlichen Schubladen. Und an der Wand ein paar Bilder.

„Bitte!"

Der Arzt deutete mir an, auf dem Sessel Platz zu nehmen, und verschanzte sich hinter dem PC. Er schien mich schon wieder vergessen zu haben, denn er sagte lange Zeit kein Wort und würdigte mich auch keines Blickes.

Gut, dachte ich, er muss sich erst einmal informieren. Obwohl nicht allzu viele Daten von mir vorliegen konnten, denn ich war erst zum zweiten Mal in dieser Praxis, das erste Mal vor mehr als 5 Jahren. Doch die wenigen, die ihm vorlagen, fesselten offenbar seine ganze Aufmerksamkeit.

Ich ließ ihn gewähren und sah über seinen gebeugten Kopf mit den messerscharf gestutzten Haaren hinweg auf die Wand hinter ihm. Das Bild, das da hing, interessierte mich. Es war ziemlich bunt, und soweit ich es von meinem Platz aus erkennen konnte, zeigte es eine Stadt mit Straßen und Plätzen und sehr vielen Menschen, die ähnlich wie bei Chagall durch die Luft flogen. Doch anders als bei Chagall fühlte man sich nicht wie in einen Traum entführt, sondern in einen riesigen Zirkus, der völlig unzusammenhängende Dinge zeigte, einige nur in ihren Umrissen, andere sehr detailliert. Trotzdem hatte man als Betrachter den Eindruck, dass alles irgendwie zusammenpasste. Es machte einen heiteren Eindruck. Je länger ich es in Augenschein nahm, desto besser gefiel es mir.

Hatte der Arzt etwas gesagt? Oder gefragt?

Ich hatte eine Art Murmeln vernommen, war mir aber nicht sicher. Wenn ja, konnte es kaum mehr als ein einziges Wort gewesen sein. Doch, da kam es noch einmal aus seinem Mund, der sich, ich hatte es diesmal genau gesehen, nur zu einem winzigen Spalt geöffnet hatte, wahrscheinlich weil die Gedanken im Gehirn darüber für eine gewisse Distanz zum gesprochenen Wort gesorgt und es auf diese Weise in Mitleidenschaft gezogen hatten. Mit einiger Verzögerung ging mir dann aber doch ein Licht auf: er hatte ‚links‘ gesagt, fragend, nur ‚links‘. Ich tippte darauf, dass er damit mein linkes Bein meinte, dessentwegen ich gekommen war, und dass er ausschließen wollte, dass es sich um das rechte handelte.

Unsere verbale Verständigung war nicht ganz leicht, denn der Arzt starrte nach wie vor auf den Bildschirm. Ab und zu waren weitere Murmeler zu hören in der Weise, wie man ein Selbstgespräch führt.

Nach einer Weile, ganz plötzlich, veränderte sich die Situation. Der Arzt stand auf, kam um den Schreibtisch herum auf mich zu, deutete auf meine Füße und sagte ‚Schuh‘. Als ich nicht sofort verstand, was er meinte, guckte er mich endlich einmal an, ungeduldig allerdings, und vollführte mit seinen beiden Händen Bewegungen wie ein verletzter Fußballspieler, der ausgewechselt werden möchte.

Ich zog Schuh und Strumpf aus. Er guckte kurz hin, drückte in der Gegend des Oberschenkels einmal kurz auf meine Jeans und verschwand dann erneut hinter seinem Schreibtisch. Dort bearbeitete er die Tastatur seines PC mit zwei Fingern, während ich Strumpf und Schuh wieder anzog. ‚Rationalisierung‘, dachte ich, ‚alles steht und fällt heute mit der richtigen Rationalisierung.‘ Dann sprang er plötzlich auf, sagte „negativ“, was ich im medizinischen Zusammenhang positiv bewertete, und brummelte irgendetwas, das nach ‚Auf Wiedersehen' klang.

Ich war leicht benommen nach dieser Art der Konsultation, wollte aber aus purer Höflichkeit noch irgendetwas äußern. Mir fiel jedoch nichts Besseres ein als eine anerkennende Bemerkung über das Bild, das an der Wand hinter seinem Schreibtisch hing und das mich so gefangengenommen hatte. Und so sagte ich: „Ist das Bild von einem Kind?"

Kaum hatte ich diese Frage gestellt, wurde mir bewusst, dass die wunderbare Komposition aus Fantasie, Abstraktion und Details, diese beinahe ironische Heiterkeit im Ausdruck kaum von einem Kind stammen konnte, und so versuchte ich meine gewagte Vermutung einzuschränken. „Nein", sagte ich, „das kann nicht sein. Das wäre mehr als Talent. Das wäre schon fast ein Genie!"

Was ich mit meiner Frage auslöste, hätte ich mir niemals vorstellen können. Dieser Mann, der mir durch und durch wie ein medizinischer Arbeiter am Fließband erschienen war, vollzog eine unglaubliche Wandlung. Im Film hätte man es an der Musik bemerkt, die an dieser Stelle unerwartet, stufenlos aus einem langweiligen Getröpfel in ein explosives Furioso übergegangen wäre. Ich bemerkte es an seinem Gesicht. Es begann zu leben! Die Augen strahlten, und seine Lippen bildeten ein Lächeln. So eines wie ein Kind es zeigt, wenn es unglücklich ist, aber unerwartet große Zuwendung erfährt.

„Meine Mutter!", sagte er.

Hatte ich das richtig verstanden?

„Meine Mutter hat ihn so gemocht. Ernst Geitlinger."

Ich verstand nichts. Er ging aufgeregt hinüber zu dem

graphitgrauen Schrank und zog, irgendetwas suchend, eine Schublade nach der anderen heraus. Soviel ich erkennen konnte, herrschte in allen ein Durcheinander von unzähligen Dingen beruflicher und privater Provenienz, Mullbinden genauso wie Strümpfe. ‚Wie bei Hempels unterm Sofa‘, fiel mir ein. Dann hatte er gefunden, was er suchte: ein Buch. Ein dickes. Er schlug es auf und ließ eine nach der anderen Seite an mir vorbeiflattern, auf denen überall Bilder zu sehen waren. Kunstwerke.

„Ernst Geitlinger“, sagte er wieder, „meine Mutter hat ihn so geliebt!“

Aber er, daran ließ er keinen Zweifel, liebte und schätzte ihn mindestens genau so.

„Ernst   Geitlinger war ‚entartet‘“, begann er einen längeren Vortrag, „die Nazis haben ihm verboten seine Bilder auszustellen.“ Und dann blätterte er hin und her in dem Buch, zeigte mir ein Bild nach dem anderen und überhäufte mich mit Informationen und immer neuen Freudesausbrüchen.

Wenn man von einem Menschen behaupten kann, dass er sprüht, sprüht vor Begeisterung, dann hatte ich jetzt so einen vor mir. Dieser Arzt, der in seiner beruflichen Routine beinahe verkümmert war, blühte plötzlich auf. Zeitdruck schien es plötzlich keinen mehr zu geben. Einer Assistentin, die durch den Türspalt schaute und ihn auf etwas aufmerksam machen wollte, winkte er fröhlich zu, ließ sich aber nicht stören.

„Das Beste“, sagte er schließlich, „ist dieses hier!“

Er zeigte auf ein anderes Bild, das mit dem hinter seinem Schreibtisch überhaupt nicht zu vergleichen war. „Herbstliche Landschaft“.

„Von wem ist das?", fragte ich. Er lächelte beinahe schelmisch. „Auch von Geitlinger."

Das wollte ich nicht glauben. Denn die ‚Herbstliche Landschaft' konnte ich mir bestenfalls in einem spießigen, altdeutschen Wohnzimmer vorstellen, direkt neben einem schweren Sofa und der Leselampe mit dem Schirm aus Tierhaut. Die „Herbstliche Landschaft" zeigte in der Mitte eine Lichtung, vom Wald getrennt durch einen Spazierweg mit Stacheldrahtzaun. Dazu ein paar Bäume und am Himmel ein paar Wolken. Gut gemalt, aber Kitsch, fand ich.

„Geitlinger musste sich vor den Nazis verstecken", erklärte der Arzt, „sich und seine Kunst. Und dieses Bild war nichts als eine Ablenkung, oder besser gesagt: Irreführung. Wunderbar, oder?" Er lachte laut und herzlich und mit großer Lust, so dass die Assistentin, die schon wieder in der Tür stand und ihm mit einem strafenden Blick bedeutete, dass es nun aber gut sei, irritiert war.

„Schön, dass Sie bei mir waren!", sagte der Arzt. Es klang ehrlich. Er gab mir die Hand. Das Bein war Nebensache.

3

Der Sprint im Supermarkt

Sonnabend vormittag bei EDEKA, Eppendorfer Baum. Nur zwei Kassen sind besetzt, und vor beiden warten lange Schlangen. Einige streicheln ihr Handy, andere gucken wiederholt auf die Uhr. Hier und da ein bisschen Getuschel. Ansonsten: angespannte Stille.

„Noch eine Kasse bitte!", ruft endlich eine der Kassiererinnen.

Was so ein banaler Satz bewirken kann! Alle werden plötzlich wach. Schrecken hoch aus ihrer Lethargie. Greifen nach Körben und Einkaufswagen und nehmen ihre lieben Kleinen fest an die Hand. „Du bleibst jetzt hier!" Bloß nichts falsch machen jetzt!

Aber welche der Kassen ist es denn, die geöffnet werden soll?

Alle Kunden scheinen in unsichtbare Startblöcke gekauert. Bereit, blitzschnell zu reagieren. Keine Sekunde zu verlieren. Nervös gehen Blicke hin und her. Und dann erscheint er, der Retter der Ungeduldigen.

„Kommen Sie auch an Kasse 3!"

Das lässt man sich doch nicht zweimal sagen! Es ist, als sei ein Stöpsel gezogen worden: alles strebt der neu geöffneten Kasse zu wie das Badewasser dem Abfluss. Doch dann, urplötzlich, halten alle inne. Und erinnern sich an das gute Benehmen, das sie mal gelernt haben.

Bis auf die Dame in Schwarz. Eine gepflegte Dame! Schwarze Lackstiefel, schwarze Stretchhose, schwarze Blouson. Letztere dick gepolstert. Und über allem eine mächtig aufgewuschte, glänzend silbrig-graue Haarpracht. Darunter ein Gesicht, das Entschlossenheit verkündet. Trotz Maske.

Diese Dame nimmt das Rennen auf. Schnellt als erste aus ihren imaginären Startblöcken. So schnell, dass man sich fragen muss, ob es ein Fehlstart war. Aber das wird sich später entscheiden. Jetzt stürmt sie erst einmal auf die soeben geöffnete Kasse zu. Unglaublich! Ihren Einkaufskorb eng an sich gepresst, wirbelt sie mit einer gekonnten Körperdrehung an der jungen Frau mit dem Kinderwagen vorbei. Eine Sternstunde der Eleganz! Ein meisterhaftes Tänzeln. Ein Hüftschwung wie auf der Siegesfahrt am vorletzten Tor des Riesenslaloms. Wuschschsch ... Da bleibt einem der Atem weg.

Die Frau mit dem Kinderwagen blickt ganz erschrocken. Stand sie nicht der neu geöffneten Kasse am nächsten?

Und ich? Ich muss lachen. Nicht laut, aber doch so, dass andere es hören. Und sofort entsteht so etwas wie eine verschworene Gemeinsamkeit. Sie empören sich, die Kunden. Schauen sich an und schütteln die Köpfe. Sowas! Man soll es nicht für möglich halten!

„Das war gekonnt!", sagt eine ältere Dame. Laut und vernehmlich und in unübertrefflich ironischer Anerkennung. Da ist auch nicht einer, der nicht weiß, wer und was gemeint ist.

Wer aber denkt, dass sich die Schwarzgekleidete mit dem Silberturm nun umdreht und vielleicht sogar entschuldigt, weil sich ihr Schuldbewusstsein regt, der hat sich böse getäuscht. Soeben legt sie als letzten ihrer Einkäufe den Fleischsalat aufs Band, zieht ihr Kinn noch eine Spur höher und geht dann zwei, drei Schritte vorwärts, zum Einpacken. In aller Ruhe, scheint es. Hoch konzentriert. Damenhaft.

„Die war ja schneller als eine Gazelle", bemerkt jemand in die gespannte Stille hinein, trotz Maske unüberhörbar.

„Und das in dem Alter!", ergänzt ein anderer. Da kann niemand mehr an sich halten. Aus allen Richtungen kommt hämisches Gekicher.

Doch war das nicht ein bisschen zuviel? Ein bisschen zu dicke? Wird die schnelle Haarpracht jetzt nicht doch reagieren? Nein, tut sie nicht. Sie lässt sich nicht provozieren! Sie weiß, welche Rolle sie spielt. Bezahlt seelenruhig, so sieht es jedenfalls aus, mit Karte. Und packt als letztes den Fleischsalat in ihre Tasche.

„Dass ihr das nicht peinlich ist!", feixt jemand laut.

„Genau", bestätigen mehrere wie aus einem Mund.

„Ich glaub, sie ist rot geworden."

Tatsächlich: als sie ihre Tasche ergriffen hat und hoch erhobenen Gesichtes dem Ausgang zustrebt, kann man kurz ihr Gesicht sehen. Jedenfalls den Teil, der unter der Silberpracht hervorschaut und nicht von der Maske verdeckt ist. Er hat sich verfärbt. Ein wenig nur, aber immerhin. Und dann ist sie weg, und die Luft scheint raus.

Aber nach einer andächtigen Stille, wie nach den letzten Tönen in einem Konzert, meldet sich ein älterer Mann zu Wort. „War doch nett, oder?"

Alle stimmen begeistert zu. Und sind auf einmal besonders zuvorkommend.

„Wollen Sie vielleicht zuerst? Ich hab Zeit."

4

Das Leid der Hornveilchen

In unserer Straße stehen herrliche, alte Bäume. Leider hat jeder nur wenige Quadratmeter Erde für sich. Schlechte Erde. Immerhin sind sie von Metallbügeln geschützt, damit die Autos auf diesen kümmerlichen Fleckchen nicht auch noch parken.

Hunde, die mit ihren Herrchen und Frauchen durch unsere Straße Gassi gehen, lassen sich dadurch aber nicht stören. Manche finden die schlechte Erde um die Bäume herum immer noch gut genug, um darauf ihr Geschäft zu erledigen. Die meisten Hundehalter ziehen dann eine schwarze Plastiktüte aus der Tasche, ziehen das Innere nach außen, stülpen die Tüte über das Geschäft und greifen zu wie ein kleiner Bagger. Ich habe ich mich schon oft gefragt, wie es sich anfühlt, wenn man da zupackt - aber muss ich das wirklich wissen?

Ein herzerfrischender Anblick sind diese Fleckchen Erde um die Bäume herum also nicht. Und wachsen tut da auch nichts. Nachdem ich einige Jahre lang die alte Blumenerde aus unseren Balkonkästen an der Linde vor unserem Haus entsorgt und sich dort im Lauf der Zeit ein bisschen Efeu ausgebreitet hatte, kam ich auf die mutige Idee, ein paar Blümchen neben das zäh rankende Grün zu pflanzen.

Mitte April, als kistenweise Hornveilchen auf dem

Markt angeboten wurden, griff ich zu. Jeweils zwei in den Farben gelb, rot, lila, blau und orange. Es war nicht ganz leicht, die Grübchen für die Pflanzen auszuheben, denn der Erdboden ist knochenhart und von Wurzeln durchsetzt. Aber die Veilchen blühten wacker vor sich hin und erwiesen sich genau so robust, wie der Blumenhändler auf dem Markt es versprochen hatte.

Eines Morgens jedoch gab es eine böse Überraschung. Einige Blümchen lagen abgeknickt und niedergetrampelt auf dem Boden und schienen jede Lebenslust verloren zu haben. Am ärgsten erwischt hatte es die beiden gelben: sie waren beinahe vollständig bedeckt von einem hässlichen Hundehaufen.

In den folgenden Tagen erholten sich die Blümchen, fassten neuen Mut und richteten sich wieder auf. Doch fast an derselben Stelle, nur um wenige Zentimeter versetzt, thronte bald darauf erneut ein großer Haufen. Das war kein Zufall. Und ohne über Einzelheiten zu sprechen: der Haufen stammte mit großer Wahrscheinlichkeit von demselben Hund.

Ich schimpfte über alle Hunde, bis mir einfiel, dass sie ja nicht die Schuldigen sind. Also schimpfte ich über die Herrchen und Frauchen. Dann suchte ich mir einen Ast und beförderte die Hinterlassenschaft mit zusammengepressten Lippen in den Rinnstein.

Der Blick auf das neuerliche Desaster hatte mich wütend gemacht, er weckte meinen Kampfgeist. Doch was sollte ich machen? Wie soll man einen Gegner bekämpfen, wenn man ihn nicht kennt? Ich konnte mich ja nicht Tag und Nacht auf die Lauer legen…

Genau diese Erkenntnis brachte mich auf eine Idee.

Irgendwo hatte ich gelesen, dass man mehr erreicht, wenn man seine Klage mit Humor vorträgt. Und dabei fiel es mir wie Schuppen von den Augen! Allein der Gedanke daran verbesserte schlagartig meine Laune. Und als am Nachmittag meine Enkel zu Besuch kamen, kramte ich Malpapier und Stifte aus der Schublade, erzählte den Kindern die Hundegeschichte und fragte sie: Was müsste auf dem Plakat, das ich an unseren Baum hängen wollte, zu sehen sein?

„Ein Hund natürlich!", sagte mein Enkel.

„Einer, der gerade kackt!", sagte meine Enkelin und amüsierte sich königlich. „Und direkt unter der Kacke ein kleines, zartes Blümchen!"

Die Kinder überschlugen sich mit Ideen, wobei es ihnen vor allem auf das K-Wort ankam. Dann verbrauchten sie reichlich Malpapier. Und schließlich hatten sie gemeinsam einen Hund aufs Papier gezaubert, der aussah, als fühle er sich auf frischer Tat ertappt: angespannt und verkrampft hockte er über einem Knochenveilchen und erledigte sein Geschäft.

„Aber woher soll man wissen, warum der Hund da auf dem Bild ist?", fragte mein Enkel. „Da muss noch irgendwas draufstehen!"

„Wir müssen ihn nur mit einem Kreuz durchstreichen", sagte seine Schwester, „das macht man doch, wenn man etwas verbieten will."

Jetzt war meine große Stunde gekommen. Ich nahm den dicksten schwarzen Stift, den ich finden konnte, und schrieb in schwungvollen Buchstaben auf das Papier, was mir schon tausendmal mit größtem Vergnügen durch den Kopf gegangen war. Als ich fertig war und die Kinder das

Ergebnis lasen, prusteten sie laut los.

Dann nahmen wir ein paar Heftzwecken, brachten das Plakat an dem Baum vor unserem Haus an, traten zwei Schritte zurück und begutachteten unser Werk.

Über dem gemalten Hund stand in fetten Buchstaben: „Achtung, Hundebesitzer!" Und darunter: „Dieser Baum wird videoüberwacht. Jeder Hundehaufen wird zur Anzeige gebracht."

Wir rieben uns die Hände und freuten uns diebisch über diese Meisterleistung.

Doch am Tag darauf war das Schild verschwunden; in der Baumrinde steckten nur noch die 4 Heftzwecken. Ich war empört! Mein Humor war mit offener Aggression beantwortet worden! Allerdings zeigte sich im Lauf der Woche, dass das Plakat, so kurz es da gehangen hatte, doch von einigen Nachbarn wahrgenommen worden war. Und eine Nachbarin, die sich selber schon einmal über die Hundehaufen aufgeregt hatte, behauptete hinter vorgehaltener Hand: „Das war die Kanalratte!"

Die Kanalratte ist zwei Häuser weiter zu Hause. Warum sie so heißt, weiß ich nicht. Vielleicht hat es damit zu tun, dass sie potthässlich ist und wieselflink durch die Gegend huscht. Jedenfalls ist sie ein Terrier, hat viel zu lange Haare, unter denen man keine Beine erkennen kann, und attackiert alles, was sich bewegt, mit lautem, boshaftem Kläffen. Es tut mir leid, sagen zu müssen, dass die Kanalratte gut zu ihrem Frauchen passt. Ähnlich wie ihr Hund blafft auch sie in der Gegend herum, beschwert sich lautstark und nicht unbedingt stubenrein über jede Kleinigkeit, die ihr nicht passt. Und das sind viele.

So kam es, dass nicht nur die Kanalratte, sondern auch

ihr Frauchen zu beliebten Feindbildern in der nachbarlichen Gerüchteküche wurden. Und während die Hornveilchen zu botanischen Seltenheiten mutierten und schließlich wie Orchideen beschrieben wurden, standen die Kanalratte und ihr Frauchen schließlich für Abscheu und Empörung.

Ich selbst bekam ein schlechtes Gewissen, denn das hatte ich nicht gewollt. Und da ich mit Humor leider nicht weitergekommen war und die Halterin der Kanalratte mir, so seltsam es klingt, ein bisschen leid tat, beschloss ich, mit offenen Karten zu spielen. Ich ließ mich also bei der nächsten Begegnung nicht von der wild kläffenden Kanalratte abschrecken, sondern nahm all meinen Mut zusammen und fragte ihr Frauchen, ob sie das kleine Plakat am Baum vor unserem Haus gesehen hätte. Und ob sie wüsste, wer es von dort entfernt hätte.

Die Frau griff nach ihrem Kläffer, hob ihn schwungvoll auf und drückte ihn wie zum Schutz vor bösen Angriffen eng an ihre Brust. Dann schnappte sie nach Luft und stellte ihrerseits die Frage:

„Haben Sie das Plakat etwa aufgehängt?"

Der Ton, in dem sie diese Frage stellte, hörte sich an wie ein Peitschenhieb. Ihr Blick bohrte sich wie ein Laserstrahl in meine Augen. Und nach einer effektvollen Pause zeigte sie mit dem Finger auf mich und sagte: „Hundehasser, wie Sie einer sind, müssen wir nicht auch noch ertragen; es gibt schon zuviel Scheiß auf der Welt."

„Genau deswegen hatte ich das Plakat an den Baum geheftet", sagte ich, „damit nicht noch mehr davon hier abgeladen wird."

Diese meine schlagfertige Erwiderung brachte Frauchen noch mehr in Rage. Sie ließ die Kanalratte so unsanft zu Boden, dass sich selbst dieses abgebrühte Tier heftig erschrak. Dann richtete sie den Zeigefinger ihrer rechten Hand wie eine Pistole auf mich und schoss erneut los:

„Wenn Sie es noch nicht wissen sollten: auch Hunde müssen kacken. Genau wie Sie!"

Diese offen vorgebrachte Provokation verschlug mir den Atem. Mit äußerster Willensanstrengung gelang es mir aber, mich nicht auf dieses Niveau einzulassen, sondern die Frau betont ruhig zu etwas mehr Sachlichkeit aufzufordern.

„Hornveilchen setzt man sowieso nicht auf solchen Boden", sagte sie daraufhin deutlich stiller. Und da erkannte ich meine Chance, ernsthaft mit ihr ins Gespräch zu kommen.

„Was würden Sie denn dorthin pflanzen?", fragte ich und machte sogar den Versuch, sie anzulächeln. Erfolgreich!

„Primeln wahrscheinlich", sagte sie nach einiger Überlegung, „bei mir wuchern die überall, kann ich mich gar nicht vor retten. Würd ich an Ihrer Stelle auch mal versuchen."

„Gut, mach ich!", gab ich zurück und beendete das Gespräch, indem ich sie noch einmal anlächelte und weiterging. Ich spürte, wie sie und die Kanalratte hinter mir her schauten.

„Haben Sie ihr die Meinung gesagt?", fragte mich später der Mann, der ganz unten im Haus wohnt und das Gespräch durch die Fensterscheibe beobachtet hatte. „Nein", entgegnete ich, „aber die hat sie auch so verstanden."

Kurz nach der denkwürdigen Begegnung waren meine

Hornveilchen nicht mehr allein. Sie hatten über Nacht Gesellschaft bekommen: fröhliche, bunte Primeln. Keine Frage, wer die dahin gepflanzt hatte.

Als ich ihr und der Kanalratte das nächste Mal begegnete, bedankte ich mich. „Die Primeln sind wunderbar", sagte ich mit Überzeugung und fügte etwas schelmisch hinzu: „Ich weiß auch, wer sie gepflanzt hat!"

„Sie sind ja ein ganz Schlauer", entgegnete sie und lächelte so nett, wie ich es ihr niemals zugetraut hätte. Und ich erwiderte, vielleicht ein bisschen zu vorschnell: „Ich bin ganz sicher, dass sie nicht dasselbe Schicksal erleben werden wie die Hornveilchen!"

"Ich hoffe es auch nicht!", sagte sie daraufhin, „er hat es mir jedenfalls versprochen!"

„Wer hat Ihnen was versprochen?", fragte ich verblüfft.

„Muss ich Ihnen ja nicht sagen!"

Sie trat einen Schritt näher an mich heran und flüsterte: „Meinen Sie, ich würde den Verdacht auf mir sitzen lassen, wo ich doch genau weiß, wessen Hund das gewesen ist? Hundehalter haben auch ihre Ehre. Jedenfalls die meisten."

Daraufhin lächelte sie noch einmal und sagte „Komm, mein Süßer!"

Die Kanalratte wedelte mit dem Schwanz und setzte sich ungewohnt würdevoll in Bewegung. Erst jetzt fiel mir auf, dass sie vollkommen still geblieben war, während ihr Frauchen und ich miteinander gesprochen hatten. Kein Bellen, kein Kläffen, kein Knurren. Gar nichts.

Aber die Hornveilchen und die Primeln erlebten ab sofort einen ungestörten Frühling.

5

Ein analoger Zwischenfall

Früher war das U-Bahn-Fahren eine Erholung. Man unterhielt sich entspannt oder las in Ruhe die Zeitung oder ein Buch.

Heute ist das anders: alle haben Handys und wischen und tippen einsam vor sich hin. Kommunikation: Fehlanzeige!

Wenn man großes Glück hat, erwischt man aber auch in der U-Bahn noch eine Sternstunde. Wie neulich in der Hamburger U3 zwischen den Haltestellen Kellinghusenstrasse und Schlump.

An der Kellinghusenstraße war eine Frau eingestiegen. Eine von denen, die man nicht übersehen kann: Neongrünes, hautenges Designerkleid, schwindelerregende High Heels und ein goldbesticktes Handtäschchen an einer goldenen Kette, die sie über die Schulter gehängt hatte. Ihr Parfum: aufdringlich. Die Haare: sehr kurz, sehr blond. Und ihr Gang sehr forsch. Das personifizierte Selbstbewusstsein. Aber man soll ja keine Vorurteile haben.

Ohne lange zu suchen, warf sie sich auf den freien Platz neben einem älteren Herrn. So schwungvoll, dass der aus seinem Minutenschlaf hochschreckte und intuitiv den Versuch unternahm, ein Stück von seiner neuen Nachbarin abzurücken, was aber kaum möglich war.

Die Frau saß noch nicht ganz, da zog sie schon ihr Handy aus der Handtasche, tippte etwas ein und hielt sich das Ding dicht ans Ohr. Angespannte Nervosität lauerte in ihrem Gesicht. Doch niemand schien sich zu melden. Ungeduldig tippte sie eine neue Nummer ein. Wieder nichts. Doch kurz darauf, sie hatte das Handy gerade mit Verachtung in ihrer Tasche versenkt, drang allen Fahrgästen eine hastige Folge von schrillen, durchdringenden Tönen ans Ohr, die genau so nervös wirkten wie die Frau. Die riss ihre Handtasche erneut auf, wühlte darin herum - der ältere Herr konnte ihrem Ellbogen erfolgreich ausweichen - und presste ihr Handy wieder ans Ohr.

„Schmusi, ich hab gerade ein paarmal bei dir versucht!"

Ihre Stimme hätte eine Konservendose öffnen können. So laut und so scharf, wie sie schrie, erinnerte sie an eine Polizeisirene, die man nicht abstellen kann. Einige der anderen Fahrgäste, die bisher unbeteiligt auf ihr eigenes Handy gestarrt hatten, schreckten hoch.

„Ich bin gerade in der U-Bahn!", schrie sie ins Telefon. Es klang, als hätte sie kein Handy in der Hand, wollte ihrem Schmusi aber trotzdem diese wichtige Mitteilung machen.

„Hast du den Sekt besorgt?"

Der ältere Herr neben ihr guckte eingeschüchtert, verängstigt um sich; ganz offensichtlich hätte er vor seiner stimmgewaltigen Nachbarin am liebsten das Weite gesucht.

„Was hast du?"

„Er hat ihn noch nicht besorgt", tönte eine andere, ebenso laute Stimme durch den ganzen Waggon, Betonung auf nicht. Sie kam aus der entgegengesetzten Ecke und erntete spontane, unterdrückte Lacher. Die Frau störte sich aber nicht weiter daran. Sie schrie einfach noch lauter als der Witzbold.

„Nein, nicht bei Edeka. Bei Lidl, Schmusi, Sonderangebot!"

Die Show nahm Fahrt auf.

„Ganz vorne, an der Kasse. Goldenes Etikett!"

Und alle, die in diesem Waggon saßen, nahmen interessiert Anteil an dem Gespräch.

„Goldiges Etikett", äffte einer nach und fasste sich theatralisch an den Kopf.

„Lauter!", rief ein anderer.

An der Haltestelle Eppendorfer Baum stieg ein Paar um die 50 zu, das überrascht um sich blickte. Den beiden fiel die ausgelassene Stimmung in der Bahn sofort auf; sie suchten nach der Ursache dafür, konnten sie aber nicht ausmachen. Schließlich setzten sie sich direkt Rücken an Rücken mit der Frau in Grün. Die Bahn ruckte wieder an und nahm ihre Fahrt über den Viadukt zwischen den erhabenen Gründerzeit-Häusern in der Isestraße auf.

„Was hast du? Kein Geld? Wieso das denn?"

Ihr Tonfall bekam jetzt etwas Aggressives, und das machte ihn noch unerträglicher. Und da die beiden neu Zugestiegenen den Anfang den Show nicht mitbekommen hatten, reagierten sie. „Ruhe!", sagte der Mann leicht empört und drehte sich um, weil er wissen wollte, wer da so laut sprach. „Reg dich nicht auf!", sagte seine Begleiterin ebenfalls und in voller Absicht nicht ganz leise, „gibt so Typen."

Das wollte die Neongrüne nicht überhören. Sie drehte sich ebenfalls um und starrte ihrem Rücken-an-Rücken-

Nachbarn wutentbrannt ins Gesicht. „Du hältst dich da raus, ja?! Das sag ich nur ein einziges Mal, Schätzchen!"

„Ok, einmal nur!", tönte der Witzbold aus der entgegengesetzten Ecke, und auch das wurde im ganzen Waggon mit Begeisterung aufgenommen. Man hörte Kichern und Prusten und schadenfrohes Lachen. Und schließlich sogar einen Hund, der mehrmals laut bellte, was weitere Lacher hervorrief.

An der Haltestelle Hoheluftbrücke stiegen zwei wohlgenährte Herren mit großen HVV-Buchstaben auf ihrer Weste ein. Wie zwei Gralswächter postierten sie sich an den beiden Eingangstüren und blieben dort stehen, bis sich die Türen wieder geschlossen hatten und der Zug seine Fahrt fortsetzte. Dann begannen sie mit ihrer Arbeit.

„Ihren Fahrausweis, bitte!"

Damit steuerte die Show auf ihren Höhepunkt zu.

Zunächst verlief die Kontrolle ohne Zwischenfälle. Bis die Neongrüne erneut ins Handy fragte:

„Hast du's endlich?"

Es klang bedrohlich.

„Nein, an der Kasse hab ich gesagt, du Döskopp!"

„Jetzt ist der Schmusi ein Döskopp", feixte der Witzbold, dass es alle hören konnten. Einer schlug sich vor Begeisterung auf die Schenkel.

Genau in diesem Moment hatte der eine der beiden Kontrolleure die Frau erreicht. Da sie auf seine Aufforderung, ihren Fahrausweis zu zeigen, nicht im mindesten reagierte, weil sie anderweitig sehr ausgelastet war, tippte er ihr leise mahnend auf die Schulter.

„Lass mich in Ruh!", schrie sie, „noch einmal, und du lernst mich kennen, Schätzchen. Ich hab dich gewarnt!"

„Na, na, na, na, junge Frau!", brummte der Kontrolleur, der die Ruhe weg hatte. „Ich will ja gar nichts von Ihnen, nur ihre Fahrkarte."

Die Grüne guckte hoch und schenkte dem Kontrolleur ein Lächeln, das man ihr nicht zugetraut hätte; es passte so gar nicht zu ihrer Stimme.

Aber sie konnte offenbar auch anders. „Schmusi, ich muss auflegen!", säuselte sie mit einem verführerischen Hauch, versenkte das Handy in ihrem goldbestickten Handtäschchen und beschenkte den Kontrolleur nochmals mit einem Lächeln.

„Einen Augenblick, mein Herr!"

Alle im Wagen hofften auf den großen Knalleffekt. Und als die Frau vom Schmusi immer länger erfolglos in ihrer Handtasche herumwühlte, schien der stille Wunsch der meisten Fahrgäste in Erfüllung zu gehen.

„Eben hatte ich sie doch noch!", meldete sich der Witzbold, dem es inzwischen gelang, die Stimme der Frau so gekonnt zu imitieren, dass der halbe Waggon wieherte. Der Kontrolleur blickte kurz um sich - ob strafend oder zustimmend konnte man nicht erkennen - und stemmte dann entschlossen den rechten Arm in die Seite. Angriffsposition! Ein grandioses Schauspiel kündigte sich an. Und als die Grüne schließlich den Inhalt ihres Handtäschchens über ihren zusammengeklemmten Oberschenkeln ausleerte, sprangen zwei junge Männer spontan auf, um sich nichts entgehen zu lassen. Doch sie wurden enttäuscht. Inmitten einer größeren Anzahl Schminkdöschen, Cremetuben und Eyelinern lag nichts Kompromittierendes, nur ein zusammengeknüllter Fahrschein.

Man soll ja keine Vorurteile haben.

„Danke", sagte der Kontrolleur, nachdem er das kleine Dokument auf seinem Handrücken glattgestrichen und für gültig befunden hatte, „gute Fahrt!"

Damit war die Luft raus. Die U-Bahn rollte soeben im Bahnhof Schlump ein. Erstaunlich war, dass niemand der Fahrgäste mehr auf sein Handy guckte; fast alle hatten es weggesteckt und kommentierten amüsiert und bestens gelaunt die letzten 4 Minuten.

Auch im digitalen Zeitalter gibt es noch analoge Unterhaltung.

6

Der Herr im Haus

Putzfrauen gibt es wie Sand am Meer. Aber die richtig guten sind teuer!

Deswegen wollten wir unseren Ohren nicht trauen, als Madonna aus Kolumbien sich bei uns bewarb. Ein zartes Persönchen! Gefragt, welches Honorar sie sich vorstellte, errötete sie.

„Ich weiß nicht", sagte sie verschämt.

„Naja, wir haben Ihnen von Clara erzählt, die leider zurück nach Peru gegangen ist. Eine absolute Perle! Zuverlässig, ehrlich, genau. Die hat ... wieviel hat sie nochmal bekommen?", fragte ich meine Frau.

„Vierzehn Euro".

Madonna errötete abermals. Und sagte leise: „Das ist sehr viel!"

Ich reagierte geistesgegenwärtig. „Sie haben vollkommen recht!", sagte ich. „Aber Clara war gut. Richtig gut. Für eine Anfängerin wie Sie ist das natürlich zu viel! Normal sind da, glaube ich, sagen wir ... zwölf."

Diesmal errötete meine Frau.

Eine Woche später wussten wir: Madonna war ein richtiges Schnäppchen!

Die Spüle in der Küche glänzte wie noch nie. Dasselbe galt für Herd, Fußboden, Bad, Klo. Der Teppich im Flur hatte seinen alten Flausch zurückgewonnen; wie Madonna das gemacht hatte, konnten wir uns nicht erklären.

Alles war so makellos, dass uns die Knicke in den Sofakissen nicht weiter störten. Im Gegenteil: sie erschienen uns fast wie ein liebenswertes Fehlerchen in all der Perfektion. Meine Frau erklärte Madonna, dass wir es jedoch lieber sähen, wenn die Kissen eher wie zufällig auf dem Sofa lägen. Geordnet zwar, aber wie zufällig. Als wäre dort gar nicht sauber gemacht worden ... sie wisse bestimmt, wie wir das meinten. Sie wusste es! Und wir waren zufrieden.

Eines Tages fragte meine Frau: „Hast du gemerkt, dass Madonna deine Elefanten umgruppiert hat?"

Die Elefanten aus Holz, Stein und Porzellan sind mir heilig. Eine persönliche Erinnerung an meine Reisen nach Asien. Ich hatte sie im Wohnzimmer auf dem chinesischen Schrank angeordnet. In Marschordnung. Vorne die großen und dahinter die kleinen. Doch jetzt war die ganze langgezogene Gruppe unnötig zusammengeschoben.

Ich stieg auf einen Stuhl. Das Dach des Schrankes war völlig staubfrei! Madonna hatte gute Arbeit geleistet. Doch das war kein Grund, die Elefanten zu einem sinnlosen Knäuel zu ballen.

Es war ihr unangenehm, als wir das anmerkten. Andererseits, sagte sie, habe sie gedacht, wenn sie die Elefanten so aufbaue, wie sie auch in der Wirklichkeit, in der Wildnis, auf Wanderschaft seien – nämlich die Kleinen wohlbeschützt inmitten der Alten, dann sei das ganz in unserem Sinne.

Ich gebe zu, dass mich das ein bisschen ärgerte. Genauso wie die Einstellung meines Leuchtglobus. Ich hatte ihn so gedreht, dass man von der Sitzecke aus Asien sehen konnte. Südostasien. Neuerdings präsentierte er aber Südamerika, sozusagen Kolumbien frontal. Das war kein Zufall. Da war ich mir sicher. Ein kleiner Test ergab, dass Asien tatsächlich nach jedem Putztermin von Südamerika verdrängt war.

Madonna bekannte sich schuldig.

Allerdings keineswegs zerknirscht, eher eine Spur trotzig, so dass ich mich zum ersten Mal fragte, wer eigentlich der Herr im Haus sei.

Eine Woche später war es dann endgültig zu viel.

Ich hatte mir einen neuen Schlafanzug gekauft. Safran-farben wie die Kutte von Mönchen, der Schnitt exotisch. Und ich war vollkommen sprachlos, als ich abends mein Plumeau zurückschlug und darunter den Schlaf-anzug entdeckte: nicht etwa so, wie ihn meine Frau beim Bettenmachen hinzulegen pflegt, nämlich einmal über den Unterarm geknickt und dann halbe Länge ins Bett, sondern sorgfältig gefaltet! Akkurat auf Kante.

Das ging zu weit! Das war zu intim! Alles andere als eine fristlose Kündigung wäre undenkbar gewesen. Madonna hätte auch gar keinen Versuch einer Erklärung gemacht, sagte meine Frau, als sie den Hörer auflegte. Sie hätte sofort zugesagt, den Hausschlüssel zurückzubringen und ihre Putzkleidung abzuholen.

Das tat sie.

Als sie ihre Siebensachen in einer Plastiktüte verstaut hatte und ein wenig verlegen vor uns im Flur stand und keine Abschiedsworte fand, tat sie mir ein bisschen leid. Sie sah so hilflos aus. Ich machte den einen oder anderen Witz über Elefanten und Globusse und erwähnte, dass wir vielleicht beide, sie als auch wir, Fehler gemacht hätten.

Und dass wir ihr eine gute, neue Stelle wünschten.

Sie würde diesmal bestimmt aufpassen und sich nichts mehr zuschulden kommen lassen, sagte Madonna verschämt.

„Ja, man lernt dazu", sagte ich.

Da guckte meine Frau mich an. Und ich war mir sofort sicher: sie hatte denselben Gedanken wie ich. So eine kriegen wir nicht wieder!

Also erklärte ich Madonna, wenn sie wolle... wenn sie sich vorstellen könne ... also wir seien im Grunde genommen immer sehr zufrieden gewesen mit ihr ... sie sei ja zuverlässig und ehrlich ... und diese Kleinigkeiten, das sei doch nicht der Rede wert. Bitte!

Madonna errötete. Das sei schön, stammelte sie und holte tief Luft. Ich war stolz auf meine Großzügigkeit.

Nur leider, sagte sie, leider sei es so, dass sie bereits eine andere Stelle habe. Bei sehr netten Leuten, so ähnlich wie wir. Und außerdem ... sie biss sich auf die Zunge.

Ja? fragte ich.

Sie bekäme von diesen Leuten 15 Euro! Plus Fahrgeld.

Da vergaß ich alle meine Prinzipien.

„Das zahlen wir auch!"

Madonna ... lehnte ab. Das könne sie nicht machen. Es sei denn...

Ja?

Es sei denn, sie hätte einen Grund, bei den anderen wieder zu kündigen. Vielleicht ... vielleicht könnten wir ihr 16 Euro geben?

Putzfrauen gibt es wie Sand am Meer. Aber die guten sind teuer - Glauben Sie mir!

7

So ein Mist!

Es war im November, kurz vor Mitternacht.

In einem der Mehrfamilienhäuser am Falkenried wurde eine Haustür weit geöffnet und mit einem Keil arretiert.

Im Treppenhaus brannte aber kein Licht. Man konnte die Person, die sich da an irgendetwas zu schaffen machte, kaum erkennen. Sie zog einen zerbeulten, offenbar sehr schweren Karton hinaus auf den Gehweg. Dann schlich sie noch einmal zurück ins Haus und erschien kurz darauf erneut. Diesmal mit einen Fahrradanhänger. Sie stellte ihn neben dem Karton ab und wuchtete ihn auf die Ladefläche. Dann schob sie das Gefährt langsam vor sich her in Richtung Eppendorfer Weg.

Als das seltsame Gespann in den Lichtkegel einer Straßenlaterne geriet, war mehr zu erkennen. Die Person, die den Hänger vor sich her schob, war relativ jung. Ein Mann. Trotz der Kälte nur mit Hemd und Hose bekleidet. Er hatte offenbar nicht vor, längere Zeit draußen zu bleiben. Und auf dem Fahrradanhänger befanden sich neben dem schwer lädierten Karton und etlichen kleineren Gegenständen auch ein paar größere: ein alter Fernsehapparat, ein Wäscheständer, ein paar Plastikeimer mit Farbresten.

Als der Mann die Laterne passiert hatte, blieb er stehen. Zog eine Packung Zigaretten und ein Feuerzeug aus seiner Hosentasche und zündete sich eine an. Dabei schaute er sich mehrmals um. Schließlich ging er langsam weiter, bis er die Kreuzung Eppendorfer Weg erreicht hatte. Dort bog er ab und war kurz darauf am Ziel: bei den Glascontainern, die direkt am Spielplatz stehen.

Hastig begann er seine Fracht abzuladen. Zuerst ergriff er den Wäscheständer und beförderte ihn direkt neben den ersten Glas-Container. Dann nahm er die Farbeimer und warf sie mit Schwung daneben. Dann den Fernseher. Und zum Schluss den Karton. Der war so schwer, dass er ihn kaum anheben konnte. Als er ihn endlich hoch gewuchtet hatte, brach er plötzlich auseinander. Sein Inhalt verteilte sich über den Erdboden. Was dem Mann egal gewesen wäre, wenn er nicht das Gleichgewicht verloren und sozusagen als Krönung obendrauf gestürzt wäre.

Mühsam rappelte er sich wieder auf, fluchte und trat voller Wut vor einen Kochtopf. Dann nahm er schnell die Gabel des Fahrradanhängers auf, entfernte sich in die Richtung, aus der er gekommen war und hinterließ einen respektablen, hässlichen Müllhaufen.

Vor dem Haus im Falkenried, das in tiefer Stille und Dunkelheit lag, griff er wie gewohnt in seine Hosentasche. Zuerst ganz nebenbei, dann, nach dem ersten kleinen Schrecken, etwas intensiver. Trotzdem fand er nicht, was er suchte. Nervös geworden, zündete er sich eine Zigarette an, nahm einen tiefen Zug und musste husten, was die mitternächtliche Ruhe auf unschöne Art störte. Aber selbst von den Hunden, die in dieser Gegend gewöhnlich noch spät am Abend ausgeführt wurden, um schwarze Tüten zu füllen, war keiner mehr zu sehen.

Als er etwas ratlos da stand, begann der Mann im Hemd die nasse, unangenehme Kälte zu spüren, die er bisher nicht wahrgenommen hatte. Er schüttelte sich kurz, als wolle er sie loswerden, griff nach dem Knauf der Haustür und drückte und zog ungeduldig daran. Aber die Tür ließ sich nicht öffnen, auch mit kräftigem Rütteln nicht. Zwar stand auf der Klingelleiste sein Name, Petersen, was ihm aber nichts nützte, denn es war niemand zu Hause. Zu dumm, dass er sich gerade von Beatrice getrennt hatte; die wäre natürlich sofort gekommen und hätte ihm die Tür aufgemacht. Aber er hatte ihr den Schlüssel von seiner Wohnung abgenommen. Und all die Rentner, die im Haus lebten und für die er sich nie interessiert hatte, die konnte er nicht aus dem Bett klingeln. Immerhin besaß er noch einen winzigen Rest von Sozialverhalten.

Als er begriffen hatte, dass er keine andere Wahl hatte als noch einmal zurück zu gehen und nach dem Schlüssel zu suchen, trat er wütend mit dem Fuß vor den Anhänger, trat die nicht mal halb gerauchte Zigarette aus und schlug erneut den Weg Richtung Container ein, wo der ganze Müll immer noch friedlich zwischen den Resten des auseinander gebrochenen Kartons lag. Petersen war sofort klar, dass es nicht einfach würde, den Schlüssel zu finden. Erst jetzt bemerkte er nämlich, dass es doch ziemlich dunkel war. Unschlüssig schob er ein paar Teile mit dem Fuß von rechts nach links und versuchte, ohne wirkliche Hoffnung auf Erfolg, den Schlüssel irgendwo inmitten des Mülls ausfindig zu machen. Das gelang ihm aber nicht. Er verfluchte die Dunkelheit und kam auf die Idee, sie mit dem Feuerzeug zu durchdringen. Er schnippte es an und hielt es, tief gebückt, dicht über den Erdboden. Bewegte die Hand, in der er das brennende Feuerzeug hielt, langsam hin und her, bis er plötzlich, wieder einmal, unterdrückt fluchte. Das unscheinbare Flämmchen hatte seinen Daumen verbrannt!

„Kann ich helfen?"

Petersen drehte sich um. Ein alter Mann stand hinter ihm, an seiner Leine ein schläfriger Hund.

„Nee!", brummte Petersen.

Obwohl das wahrscheinlich stimmte, hätte er doch etwas freundlicher sein dürfen. Ohne den Mann weiter zu beachten, lutschte er stattdessen an seinem verbrannten Daumen und stöberte mit den Füßen im Müll herum. Ohne Erfolg.

Inzwischen war es schon nach eins. Petersen überlegte, was er tun sollte. Den Schlüssel zu finden hatte er aufgegeben. In die Kneipe gehen konnte er auch nicht. „Rosi" hatte zwar immer bis in die Puppen geöffnet, aber sein Portemonnaie lag unerreichbar in der Küche. Und jetzt, ‚in Corona', hatte sie sowieso geschlossen.

Saudoof, dass Regen einsetzte. Einer von der Sorte, die unaufdringlich durch die Kleider dringt. Besonders durch das Hemd, das Petersen trug. Mit dem Regen wurde auch die Kälte stärker. Und Petersen blieb schließlich nichts weiter übrig, als zurückzugehen in den Falkenried und sich auf die Stufen vor dem Hauseingang zu setzen. Immerhin war er da etwas vor dem Regen geschützt. Kalt war es aber trotzdem. Saukalt!

Eine Viertelstunde später fuhr ein Polizeiwagen vorüber. Er verlangsamte seine Fahrt, und einer der beiden Polizisten, die im Wagen saßen, starrte aufmerksam zu Petersen herüber. Doch der Wagen hielt nicht an. Es sah so aus, als wäre es kuschelig warm in dem Fahrzeug.

Noch einmal steckte sich Petersen eine Zigarette an.

Nicht irgendeine, sondern die letzte. Die einzige Chance, dachte er, wenigstens ins Treppenhaus zu gelangen und dem Regen zu entkommen, war irgendjemand, der spät nach Hause käme. Aber daran glaubte er nicht, denn die Rentner lagen wahrscheinlich längst alle im Bett.

Petersen kauerte sich so eng wie möglich an die Haustür, um wenigstens vor dem Regen geschützt zu sein. Trotz der Kälte nickte er sogar irgendwann ein und bemerkte nicht den uniformierten Beamten, der plötzlich vor ihm stand.

„Na, junger Mann!?"

Petersen schreckte hoch; am Straßenrand parkte der Polizeiwagen.

„Wollen Sie hier übernachten?" Der Beamte hatte eine Taschenlampe in der Hand. „Bisschen ungemütlich, oder?"

„Ich wohne hier", sagte Petersen und rappelte sich hoch, „aber ich hab meinen Schlüssel verloren."

„Haben Sie denn Ihren Ausweis dabei?"

„Nee, der ist in meiner Wohnung, in der Jacke."

Der Polizist hätte gerne gegrinst, aber das durfte er natürlich nicht.

„Wie ist denn Ihr Name?"

„Petersen."

„Aha", sagte der Polizist und guckte auf die Hausnummer neben der Tür, „vielleicht Wolfgang Petersen?"

Petersen wunderte sich.

„Und der Fahrradanhänger?" Der Polizist zeigte hinter sich.

„Ist meiner."

„Da hatten Sie wohl einiges zu transportieren!", sagte der Polizist.

Petersen beschlich ein unangenehmer Verdacht.

„Zum Beispiel ein paar Farbeimer. Und einen alten Fernseher. Und noch einiges andere."

Petersen schwieg. Hatte die Polizei ihn beobachtet, als er seinen Müll abgeladen hatte? Er hatte doch niemanden gesehen!

„Sie müssen leider mit einer Anzeige rechnen, Herr Petersen." Der Polizist schüttelte den Kopf, als äußere er sein Mißfallen über das, was passiert war. „Freundlicherweise haben Sie ja Ihre Adresse auf dem Karton nicht entfernt. Übrigens haben wir da auch einen Schlüssel gefunden. Meinen Sie, der könnte passen?"

Der Polizist steckte den Schlüssel ins Schloss, und die Haustür ließ sich anstandslos öffnen.

Petersen fiel es wie Schuppen von den Augen. Was er allerdings nicht verstand, war, wieso die Polizei neuerdings im Müll herumwühlt.

Genau in diesem Moment zuckelte der Alte mit Hund vorüber. Petersen kam es später so vor, als habe das Tier gegrinst. Aber das war eigentlich unmöglich.

8

Das Lächeln im Park

Der Mann, von dem diese Geschichte erzählt, ist ein ganz besonderer Mann. Als wir ihn zum ersten mal trafen, saß er auf einer Bank im Eppendorfer Park. Direkt am Eingang Breitenfelder / Ecke Curschmannstraße. Wollmütze, viel zu kurzer Mantel, Umhängetasche. Als wir ihn sahen - noch bei Rot von der anderen Straßenseite - wurde meine Frau plötzlich unruhig. „Guck mal, das ist doch der … na, wie heißt der denn noch?", sagte sie, „dieser bekannte Kabarettist …" Ich überlegte. „Alfons?" - „Nein, der andere. Der aus'm Radio." Ich überlegte weiter. „Nuhr - der mit ‚h'?" - „Nein, der aus dem Lustspielhaus, der früher immer auf NDR 2 … weißt Du doch, ganz früher …" - „Henning Venske?"

Meine Frau strahlte. „Ja, der!"

„Nee", sagte ich, „das ist er nicht."

„Doch!"

„Nein!"

Als wir Grün hatten und die Straße überquerten, ahnte ich, was kommen würde. Und ich behielt recht: Meine Frau ging schnurstracks auf ihn zu und fragte ohne zu zögern: „Sind Sie Henning Venske?"

Der Mann fühlte sich überhaupt nicht angesprochen. Erst, als er begriffen hatte, dass er gemeint war, guckte er uns verständnislos an. Doch als wir uns entschuldigten -

ich auch, weil es mir wirklich peinlich war -, lächelte er. Es war ein Lächeln, vor dem sich die Sonne, die an diesem Dezembertag sehr blass schien, verstecken musste. Es war ein Glücksstrahlen! Untermalt durch wenige Worte, die klar machten, dass Deutsch nicht seine Muttersprache ist. Und als sei das nicht genug, erhob er sich respektvoll von der Bank und überfiel uns mit einem Schwall von Wörtern, von denen wir nur die wenigsten verstanden. Aber es klang, als wünschte er uns alles Gute dieser Erde allein für diesen Tag. Dabei fuchtelte er mit den Armen durch die Luft, als wolle er das Gute, das er uns gewünscht hatte, direkt persönlich vom Himmel herab pflücken. Und als wir schließlich weitergingen, winkte er hinterher, als seien wir seine besten Freunde.

Ein paar Tage später trafen wir Alfons erneut. Nein, nicht den Alfons - den aus dem Park. Ob er wirklich Alfons heißt, wissen wir natürlich nicht. „Alfons klingt aber so freundlich", sagte meine Frau.

Wir kamen gerade aus dem Edeka-Laden am Eppendorfer Baum, da lief er uns direkt in die Arme. Dieselbe schäbige Wollmütze, der viel zu kurze Mantel und die Umhängetasche über die Schulter halb auf den Rücken geschoben. Zuerst erkannte er uns nicht. Dann stutzte er. Und dann erschien plötzlich wieder dieses unnachahmliche Lächeln auf seinem Gesicht. Er strahlte uns an und wünschte uns einen Tag - was für einen, konnten wir nicht verstehen, aber es war mit Sicherheit ein besonders guter. Und dann fuchtelte er wieder mit den Armen durch die Luft und ging, sich mehrmals winkend zu uns umdrehend, weiter.

Ab sofort hatten wir das Gefühl, dass überall, wo wir

hingingen, auch Alfons auftauchte. Wir hatten einen neuen Bekannten. Und was für einen! Er vermittelte uns jedesmal das Gefühl, dass er sich wirklich freute, uns zu sehen. Obwohl er ja gar nichts von uns wusste. Und wir nichts von ihm. Wir hatten uns ja nie länger unterhalten. Es war aber, als hätte sein Lächeln eine nicht vorhandene Wand eingerissen. Und so ist es heute noch: Sobald er uns entdeckt, geht ein Leuchten über sein Gesicht und er reißt die Arme hoch.

„Alles gut?"

Er gibt uns immer das Gefühl, als seien wir nach einer längeren Abwesenheit endlich nach Hause zurückgekehrt.

Und neulich, als ich an der U-Bahn Eppendorfer Baum die Treppe zum Ausgang runterlief, fuhr er gerade auf der Rolltreppe nach oben. Im Vorbeifahren rief er mir irgendetwas zu, das ich zunächst nicht verstand; er trug ja einen Mundschutz. Erst als ich mir den Klang seiner Worte mehrmals in Gedanken wiederholt hatte, konnte ich das Rätsel lösen. „Grüß deine Frau!", hatte es wohl geheißen. Und als ich vor mich hin lächeln musste, sah ich ihn erneut, wie er auf der Rolltreppe stand: Wollmütze, viel zu kurzer Mantel und die Umhängetasche über die Schulter halb auf den Rücken geschoben. Und wie er mit seinen Armen durch die Luft fuchtelte und uns alles Gute dieser Erde vom Himmel pflückte.

Er kann das!

9

Die große Attraktion

Die nehmen es aber von den Lebendigen!", sagte meine Oma immer, wenn ihr etwas zu teuer war. Inzwischen bin ich selber Opa und sage das auch. Neulich zum Beispiel an der Kasse von Hagenbeck's Tierpark.

„Die nehmen es aber wirklich von den Lebendigen!", sagte ich, als ich für meine 5jährige Enkelin Ida und mich 42 Euro bezahlen sollte. Nur für den Tierpark, ohne das Aquarium! Ich schob langsam meine EC-Karte über den Tresen; wenn man mit Karte bezahlt, sieht man das Loch nicht so direkt im Portemonnaie, dachte ich. Freute mich aber gleichzeitig über die vielen Wunder, die die kleine Ida in den nächsten Stunden zu Gesicht bekommen würde. Kann sich jemand daran erinnern, wann er zum ersten Mal einen Elefanten gesehen hat? Oder einen Tiger? Und was das für ein Gefühl war?

Ida würde staunen!

Nur einmal um die Ecke, und schon sind wir bei den Elefanten. Sechs oder sieben Dickhäuter. Alle wie Denkmäler tief verwurzelt in dem festgetrampeltem Boden. Sachte schaukeln sie ihre Körper und lassen dabei ihre Rüssel hin und her pendeln wie einen mächtigen Glockenstrang. Ida sucht meine Hand. Nur zögernd folgt sie mir auf dem Weg zu dem Graben, wo eines der Tiere seinen Rüssel fordernd den Zoobesuchern entgegenstreckt. Dann zieht sie an meiner Hand und bleibt stehen.

„Sind Elefanten stark?"

„Weißt du, die können sich einen ganzen Baumstamm zwischen Stoßzähne und Rüssel klemmen und ihn wegtragen", antworte ich.

Ida grübelt.

„Und weißt Du was? Die fressen nur Blätter und Grünzeug, kein Fleisch." Ich freue mich, dass ich Ida bedeutsames Allgemeinwissen vermitteln kann.

Die Kleine fixiert den Rüssel mit den beiden fleischigen, feuchten Löchern, der drei Metern vor ihr durch die Luft schwingt.

„Opa?"

„Ja?"

Sie ziert sich etwas. Dann zieht sich mich zu sich hinab und flüstert mir ins Ohr: „Können wir weiter?"

„Ja, klar!", sage ich und denke: Interessieren sie die Elefanten denn nicht?

Als nächstes hatte ich mir die Löwen vorgenommen. Ida ist einverstanden und trottet treu an meiner Hand, dreht sich aber hin und wieder um. Als von dem Elefantengehege nichts mehr zu sehen ist, fasst sie sich ein Herz:

„Opa?"

„Ja?"

„Die Elefanten sind stark, oder?"

„Ja, die sind richtig stark!"

„Da darf man nicht zu nah rangehen, oder?"

„Da hast du recht", sage ich und denke mir was.

Vorbei an den Wasserschweinen, den Mehrschweinchen und den Hasenkaninchen erreichen wir die Löwenschlucht, was nach Karl May klingt, aber doch ziemlich trostlos und unbewohnt aussieht. Erst nach genauem Hinsehen entdecke ich einen Löwen, der schläfrig am Boden kauert. Alles scheint ihm egal zu sein. Sein herzhaftes Gähnen spricht Bände.

Ida nickt mit dem Kopf, interessiert sich aber eher für den tiefen, breiten Graben, der das Löwengelände von den Zoobesuchern trennt.

„Warum ist da so ein großer Graben, Opa?"

„Damit der Löwe nicht hinüberspringen kann. Du weißt doch, dass Löwen gefährlich sind. Und dass sie sehr hoch und sehr weit springen können. Und das wäre doch blöd, wenn so ein gefährlicher Löwe plötzlich vor uns steht und sein Maul aufreißt, oder?"

Ida denkt nach.

„Ich will auf den Spielplatz."

Was Ida sich in den Kopf gesetzt hat, vergisst sie nicht so schnell. Es ist zwecklos, sie auf dem Weg dorthin für andere Tiere zu begeistern. Nur die Giraffen, die erregen ihre Aufmerksamkeit. Aber länger hingucken tut sie nicht.

„Hab ich schon gesehen, Opa!", sagt sie mit dem Brustton der Überzeugung.

„Wo denn?"

„Opaaaa!" Sie tut, als sei ich nicht ganz ernst zu nehmen. „Vor dem Eingang. Da steht doch eine. Wo der Mann ihr den Hals hinaufklettert."

Sie hat recht. Das Modell einer Giraffe ist so ziemlich das erste, was man sieht auf dem Weg zu den Hagenbeck'schen Kassen.

Also Spielplatz. Rutsche, Klettergerüst und so weiter. Das ganze Programm. Erst nach einer halben Stunde kommt sie zurück zur Bank, auf die ich mich gesetzt habe.

„Ich hab Hunger."

Der Spielplatz liegt direkt neben einem Restaurant, das auch „Pommes Schranke" anbietet, also Pommes rot-weiß, Idas derzeitiges Lieblingsgericht. Das große Plakat mit den knusprigen Pommes und den saftigen Saucen ist nicht zu übersehen. Da alle Tische besetzt sind, suchen wir uns eine andere Sitzgelegenheit. Plötzlich, sie hat erst wenige Pommes nach und nach bedächtig in den Mund geschoben, drückt sie mir die Pappschale mit den Pommes in die Hand und läuft aufgeregt auf ein ebenfalls rot-weißes Absperrband zu, hinter dem sich ein Geräte-schuppen, ein paar Schubkarren und ein Haufen Rasen-schnitt befinden. Kurz vor dem Absperrband bleibt sie stehen und starrt aufmerksam auf den großen Haufen mit frischem Rasenschnitt, der vor dem Schuppen liegt. Ich schlendere langsam hinterher. Was wird da schon groß sein?

„Opa, komm schnell!"

Ida kann es kaum erwarten, bis ich da bin. Ungeduldig geht ihr Blick immer hin und her zwischen mir und dem, was sie so fesselt: doch da ist nur ein ganz normaler Hahn, der hoch oben auf dem Rasenschnitt thront und gleich zu platzen scheint, so hat er sich aufgeplustert. Und neben dem Rasenschnitt - Ida deutet immer wieder dorthin und hüpft dabei unentwegt von einem Bein aufs andere - hat sich eine Spatzenkolonie auf dem Sandweg niedergelassen. Sobald sich der Hahn ruckartig aufrichtet und in die Brust schmeißt, und das tut er öfter, fliegen die Spatzen aufgeregt hoch, kommen aber nach einer kurzen Flugrunde zurück und landen wieder im Sand, wo sie ihr Trockenbad fort-setzen. Es sieht, zugegeben, zu witzig aus, wie sie sich im

Sand suhlen und mit ihren Flügelchen um sich schlagen.

Ida kann sich nicht sattsehen daran. Sie ist hochzufrieden.

10

Der Schein trügt

Eine Geschichte zum Mitrechnen

Edeka, Eppendorfer Baum, Sonnabend, gegen Mittag.

„Guten Tag", begrüßte mich die sympathische, etwas ältere Frau an der Kasse. Sie wirkte sehr ausgeschlafen und zugewandt. Und schneller als der Schall ließ sie meine Einkäufe über den Scanner rutschen.

„9 Euro 78."

Gute Gelegenheit zum Wechseln, dachte ich und reichte ihr einen 50-Euro-Schein. Sie steckte ihn blitzschnell in die Kassenbox, lächelte mich an und gab mir 22 Cent zurück. Das überraschte mich. Dass da noch 40 Euro fehlten, war mir sofort klar, dazu muss man kein Rechengenie sein.

„Ja?", fragte mich die Kassiererin. Sie hatte gemerkt, dass ich nicht einverstanden war.

„Da fehlen noch 40 Euro. Ich hatte Ihnen einen Fünfziger gegeben."

„Nein", sie lächelte freundlich, „Sie haben mir einen Zehner gegeben."

„Hundertprozentig 50", sagte ich. „Hundertprozentig!"

Sie guckte mich an, als wollte ich ihr einen schlechten Witz erzählen. Fassungslos. Blätterte in ihrer Kasse herum und schüttelte den Kopf. „Sie haben mir einen Zehn-Euro-Schein gegeben."

Ich war mir ganz sicher. Als ich von zu Hause losging, hatte ich nämlich einen Fünfziger und einen Zwanziger im Portemonnaie. Mit dem Zwanziger hatte ich in der Konditorei bezahlt und 13 Euro zurückbekommen, einen Zehner und Silber. Der Zehner war noch im Portemonnaie, der Fünfziger war weg. Also war es klar wie Klärchen, dass ich mit ihm bezahlt haben musste.

Trotz dieser eindeutigen Sachlage schaute mich die Kassiererin immer noch ratlos an. Sie tat mir ein bisschen leid. Aber sollte ich so einfach auf 40 Euro verzichten, nur weil sie den Schein zu schnell in die Kasse gesteckt hatte, ohne richtig hinzugucken?

Eine Kassenaufsicht kam, wollte wissen, was passiert sei, und reagierte professionell. „Wir machen einen Kassensturz", sagte sie, „dauert nicht lang. Setzen Sie sich doch so lange auf die Bank."

Wir wollen aber lieber stehen bleiben. „Sieht so alt aus, wenn wir uns auf die Bank setzen", sagte meine Frau leise. Also warteten wir an der Kasse auf den Sturz derselben. Und wurden Zeuge, wie gerade ein älterer Mann mit Wuschel-Frisur und zerschlissener Bomber-Jacke bezahlen wollte. Mit Karte. Aber die wurde nicht akzeptiert.

„Sie haben bloß drei Zahlen eingegeben", sagte die neue Kassiererin, die ihre ältere Kollegin inzwischen abgelöst hatte. Der Wuschelkopf guckte neugierig auf das kleine Display. „Ach ja, hab die Null vergessen", sagte er laut und deutlich. „Und die anderen drei?", fragte die Kundin hinter ihm und grinste.

Der Kassensturz dauerte dann doch ein bisschen länger. Und ich rechnete immer wieder nach: 70 Euro im

Portemonnaie. In der Konditorei mit dem 20er bezahlt, 13 zurückbekommen, waren's noch 63. Der Zehner der Rückgeldes aus der Konditorei war noch da, also musste ich mit dem 50er bezahlt haben. Hundertprozentig! Ich sah es genau vor mir: Ein Fünfziger, ein Zwanziger, der Zwanziger weg, der Zehner da und der Fünfziger, mit dem ich gerade bezahlt hatte.

Stimmt doch, oder? Haben Sie mitgerechnet?

Oder kann es auch anders gewesen sein?

Auf einmal war ich mir unsicher. Ist ja manchmal so, wenn man immer wieder dasselbe durchkaut. Wie mit den Pronomen beim Spanisch lernen.

Nehmen wir mal an, dachte ich selbstkritisch, dass ich zu Hause nicht richtig hingeschaut habe und nur 30 Euro im Portemonnaie waren. Ein Zwanziger und ein Zehner. Dann wären nach dem Einkauf beim Konditor zwei Zehner drin gewesen…

Nein, ich hatte mich doch nicht getäuscht! Das konnte gar nicht sein.

Oder doch?

Theoretisch wäre es ja denkbar, dass ich den Zehner zu Hause als Fünfziger ‚eingestuft‘ hatte. Von der Farbe her und flüchtig nachgeschaut kann man die schon mal verwechseln.

Im selben Augenblick, als mir ein wenig Hitze ins Gesicht stieg, kam der Kollege, der den Kassensturz vorgenommen hatte. Ebenfalls sehr freundlich.

„Also wir haben nachgerechnet. Es sind nur 21 Cent Differenz in der Kasse zu dem Betrag, der drin sein müsste."

„Ja", sagte ich etwas kleinlaut, „ich glaub Ihnen das.

Hab gerade auch nochmal überlegt. Hab wohl den Zehner für einen halben Hunni gehalten."

Es war mir unangenehm. Nicht peinlich, es war ja kein Vorsatz dabei. Aber doch sehr, sehr unangenehm. Und ich bat ihn sofort um Entschuldigung. Ging dann zu der Kassenaufsicht und bat auch sie um Entschuldigung. „Mich müssen Sie nicht darum bitten, sondern die Kassiererin!"

Stimmte. Also ging ich auch zu ihr. Sie saß inzwischen an einer anderen Kasse. Und guckte mir gespannt entgegen, als sie mich kommen sah.

„Sie hatten recht!", sagte ich, „bitte entschuldigen Sie mich. Tut mir wirklich sehr leid."

Sie reagierte erleichtert und freundlich und wurde mir noch sympathischer.

„Kann vorkommen", sagte sie und lächelte, „hundertprozentig."

11

Die Garderobenmarke

Was für ein Konzert!

Zuerst Puccinis ‚Messa di Gloria", furios aufgeführt in kraftvollen, mitreißenden, dann wieder zarten Passagen. Und danach das ‚Te Deum' von Bizet mit ebenso außergewöhnlich feinen, aber auch rockigen Abschnitten. Das Publikum war hingerissen, der Applaus stürmisch.

Als wir in der Laeiszhalle zur Garderobe schlenderten, schwelgend in immer neuen Superlativen, fiel mir bei Conny eine gewisse Zerstreuung auf. Das war ungewöhnlich. Sie beteiligte sich nicht am Gespräch, wirkte auch irgendwie abwesend. Deshalb sah ich genauer hin und bemerkte, dass sie etwas in ihrer Handtasche suchte. Immer wieder kramte sie unschlüssig mit der rechten Hand darin herum. Auf ihrem Gesicht konnte man genau ablesen, wie die Hand eine tour d'horizon durch alle Tiefen und Winkel der Handtasche unternahm: Mal rollten Connys Augen himmelwärts, mal schob sich die Zunge weit hinaus, mal biss sie die Zähne zusammen.

Was war da los?

Ihre Freundin Ulrike, die im Konzert neben ihr gesessen hatte, sprach beruhigend auf sie ein. Zu hören waren einzelne Wortfetzen: ‚kann gar nicht sein' und ‚schau nochmal genau nach'. Woraufhin Connys rechte Hand sich erneut tief in die Tasche senkte. Aber dann dieser flehende Blick: sie ist weg! Und ein zweiter Blick hinüber zur Garderobe, wo zwei zwischen den riesigen Kleiderhaltern hin- und her rennende Frauen einen Mantel nach dem anderen von den Haken pflückten und auf dem Tresen ablegten.

Spätestens in dem Augenblick war klar: Conny suchte ihre Garderobenmarke. In ihrer Verzweiflung hatte sie jetzt eine Packung Tempotücher aus der Handtasche gezogen und durchsuchte sie Tuch für Tuch. War die Marke etwa dazwischengeraten? Das grenzte an sinnlosen Aktionismus, denn die Garderobenmarke, um die es hier ging, war ziemlich massiv. Ihr Durchmesser bestimmt 5 Zentimeter.

„Vielleicht liegt sie unter deinem Sitz."

Conny rannte zurück in den Konzertsaal, der sich bereits vollkommen geleert hatte. In Reihe 11, wo sie gesessen hatte, war nichts zu sehen, auch davor und dahinter nicht.

Was tun?

Conny schaute hinüber zu ihrem eleganten, weinroten Mantel, der bereits ziemlich einsam an seinem Haken hing; daneben nur noch der von Ulrike. Und die Schlange der Wartenden wurde immer kürzer. Aus lauter Verzweiflung wühlte Conny von neuem in ihrer Handtasche herum - natürlich Fehlanzeige!

Die Garderobenfrauen schauten erwartungsvoll ungeduldig: zu wem gehörten die beiden noch verbliebenen Mäntel? Kam da niemand mehr?

Ulrike zog Conny hinter sich her und erklärte den Garderobieren das Missgeschick. Sie zeigte ihre eigene Marke und versicherte, dass sie und ihre Freundin die

Mäntel zusammen abgegeben hätten, was ja durchaus glaubhaft war. Die eine der beiden Garderobieren guckte die andere an, schüttelte den Kopf auf eine Art, die darauf schließen ließ, dass so etwas nicht zum ersten Mal passierte, und rückte dann beide Mäntel heraus.

Conny bedankte sich überschwänglich, zog sich schnell ihren Mantel an und griff routinemäßig in die Taschen. Alles da? Ja, alles da. Alles! Auch die Garderobenmarke!

Conny hatte sie gedankenlos in die Manteltasche gesteckt und erst dann den Mantel abgegeben.

12

Zwei Männer

Die Ampel sprang auf Grün, und die beiden Männer machten sich an die Überquerung der Straße.

Der eine, ein Rentner, hatte den besseren Start. Nichts hinderte ihn daran, forschen Schrittes auszuschreiten. Der andere, sicherlich genau so alt, musste erst auf sein Fahrrad steigen, ehe er folgen konnte.

Als der Radfahrer den Fußgänger in der Mitte der Straße fast eingeholt hatte und an ihm vorüberfahren wollte, passierte es: der Fußgänger, nicht ahnend, in welch drohender Gefahr er sich befand, achtete einen Moment lang nicht auf den Weg und befand sich plötzlich halb auf der Fahrradspur, so dass der andere bremsen und ihm ausweichen musste. Alles in allem ein alltäglicher Vorgang, hätte der Radfahrer seinen Weg einfach nur fortgesetzt. Doch er drehte sich im Fahren um und rief, dass der Fußgänger auf dem Fahrradweg gegangen sei. Ja, das sei er. Aber zum Glück sei ja nichts passiert!

Der Fußgänger schluckte. Wollte der andere ihm etwa die Schuld für den Beinahe-Unfall in die Schuhe schieben? Er, der Fußgänger, hatte sich zwar tatsächlich für einen kurzen Augenblick auf die Fahrradspur verirrt - aber hatte er denn hinten Augen im Kopf?

„Sie fahren auf der falschen Straßenseite!", rief er dem Fahrradfahrer hinterher. Womit er vollkommen recht hatte. Aber wenn er glaubte, dass damit der Tatbestand geklärt sei und der Fahrradfahrer seinen Fehler einsehen würde, hatte er sich getäuscht. Der Radfahrer bremste, stieg ab und setzte ein besserwisserisches Lächeln auf.

„Aber ich hab aufgepasst. Ich habe Sie nicht überfahren."

Was war das denn für ein Argument? Es ist doch wohl selbstverständlich, dass man einen Fußgänger nicht hinterrücks überfährt, nur weil er sich für eine halbe Sekunde auf die Fahrradspur verirrt hat.

Beide standen nebeneinander mitten auf der Straße und suchten sich gegenseitig von der Richtigkeit ihrer Argumente zu überzeugen.

„Wenn Sie auf der richtigen Seite gefahren wären, hätten Sie gar nicht aufpassen müssen!", argumentierte der Fußgänger.

Aber der Radfahrer war nicht auf den Kopf gefallen.

„Richtig! Wenn Sie nicht auf meiner Radspur gegangen wären."

Der Fußgänger-Rentner schluckte. Die Sache war doch ganz einfach. Oder nicht?

„Sie meinen also wirklich, dass ich Ihnen dankbar sein muss?"

„Ja, natürlich. Ich hätte sie doch einfach umnageln können. Dann lägen Sie jetzt da auf dem Radweg - er zeigte auf die entsprechende Stelle - und warteten auf den Krankenwagen."

Dem Fußgänger verschlug es die Sprache. Aber nur fast. Denn er besann sich bald wieder auf den Tatbestand und fragte den Radfahrer mit demonstrativer Höflichkeit, warum er denn auf der falschen Seite gefahren sei.

„Weil ich natürlich nicht damit rechne, dass ein

Fußgänger über den Radweg läuft."

„Jetzt hören Sie mal gut zu", erwiderte der Fußgänger. „Ich bin zwar auf dem Radweg gelaufen, aber wenn ein Radfahrer mir auf diesem Radweg entgegengekommen wäre, dann hätte ich ihn natürlich gesehen und wäre ihm selbstverständlich ausgewichen. Ich konnte aber nicht damit rechnen, dass sie von hinten kommen. Das entspricht nicht den Verkehrsregeln."

„Jetzt kommen wir der Sache schon näher", sagte der Radfahrer und strich sich innerlich sehr zufrieden über den Bauch. „Und weil mir klar war, dass Sie mich nicht sehen konnten, bin ich Ihnen ja ausgewichen und habe Sie nicht überfahren."

Dem Fußgänger verschlug es die Sprache. Und genau in dem Augenblick, als er sich eine passende Antwort zurechtgelegt hatte, schrak er heftig zusammen: ein Auto hatte laut hupend unmittelbar neben ihnen gebremst. „Sie haben rot!", schrie der Autofahrer wutentbrannt. „Mitten auf der Straße!" Er war auch durch die geschlossene Seitenscheibe gut zu verstehen.

Die beiden Rentner retteten sich Hals über Kopf auf den Fußweg. Und dann entdeckten sie ihre Gemeinsamkeit. In schönster Eintracht und mit erhobenen Fäusten drohten sie dem Autofahrer, der längst wieder Gas gegeben hatte, lange hinterher. Als er nicht mehr zu sehen war, wandten sie sich einander zu und schüttelten sich die Hände.

„Das ist ja nochmal gut gegangen!", sagte der Fußgänger.

„Ja, er hätte uns ja auch einfach umnageln können", sagte der Fahrradfahrer. „Aber das macht man ja nicht, wenn man es verhindern kann."

13

Von der Leistungsfähigkeit des Beckenbodens

Früher sind wir gerne essen gegangen. Tsatsiki, Bifteki, Pizza, Tikka Masala und solche Sachen. Und immer ein frisches Bier dazu.

Heute ist das anders. Man hat Glück, wenn alle Erwartungen erfüllt werden. Wenn das Essen lecker, die Bedienung aufmerksam und zugewandt und die ganze Atmosphäre stimmig ist. Das ist so ein Narrativ, aber jeder weiß, was gemeint ist. Die Atmosphäre muss das Essen einrahmen! Wir schätzen das Gefühl, nicht allein zu sein, sondern um uns herum andere Menschen zu wissen. Trotzdem möchten wir für uns sitzen und uns in Ruhe unterhalten können.

Zuletzt waren wir in einem Restaurant im Eppendorfer Weg, dessen Speisekarte uns gefallen hatte. Es gab eine größere Auswahl an vegetarischen Gerichten, auch Kleinigkeiten, und die Preise waren normal. Was uns einen Augenblick zögern ließ, als uns die Bedienung ‚platzierte‘, wie man heute sagt, war nur der Tisch. Das heißt: es standen mehrere kleine Tische relativ eng nebeneinander, jeder mit zwei Stühlen. Vielleicht ist der Vergleich unpassend für ein Restaurant, aber man saß da wie auf einer Hühnerleiter. Der Partner oder die Partnerin gegenüber, rechts und links davon andere Gäste. Fast auf Tuchfühlung. Als wir uns setzten, war uns die Auswirkung dieser Anordnung nicht so richtig klar, denn die Tischchen neben uns waren noch frei. Aber das sollte sich bald ändern. Und was noch schlimmer war: Fußboden, Wände und Decke des Raums, in dem wir saßen, waren glatt wie die Haut eines Babys, allerdings viel, viel härter. Und das sollten wir noch zu spüren bekommen.

Als die Getränke da waren und wir uns zugeprostet hatten, setzte sich ein junges Paar an den einen der beiden Nebentische. Ich roch sofort sein Rasierwasser und wusste noch im selben Augenblick, um welches es sich handelte. Es passte zu ihm. Es passte zu seiner streng durchgegeelten Frisur, die Haare nach hinten gekämmt, und zu der Lederjacke, die er sich offen über die Schultern gelegt hatte. Und es passte auch zu der Art, wie er sich auf den Stuhl warf und mich dabei mit seinem rechten Ellenbogen streifte, was er offensichtlich gar nicht bemerkte. Und seine Freundin? Tat mir ein bisschen leid. Ich hatte das Gefühl, dass sie seiner demonstrativen Männlichkeit wehrlos ausgeliefert war.

Kaum saß auch sie, winkte er die Bedienung herbei und bestellte sich einen Gin-Tonic, wobei er das ‚o‘ lang und gedehnt aussprach. Die Bedienung lächelte nachsichtig. „Und die Dame?", fragte sie. Das vorsichtige erzieherische Moment, das in dieser kurzen Erkundigung steckte, war für sensible Ohren nicht zu überhören.

Richtig unangenehm wurde es aber, als der Kerl neben mir anfing, über seine Pläne für einen Autokauf zu reden. Er wirbelte mit PS-Stärken und Von-Null-auf-Hundert um sich wie mit einem Lasso. Seine ahnungslose Freundin hatte dem nichts entgegenzusetzen, ließ sich widerstandslos einfangen. Stellte nicht mal eine Zwischenfrage. Zu dicht war sein Redeschwall, zu überwältigend.

Leider betraf das nicht nur sie, sondern auch uns. Es war nicht möglich, unser eigenes Gespräch fortzusetzen. Der Autofreak neben mir sprach so laut, dass man keinen Gedanken mehr fassen geschweige denn ihn aussprechen konnte. Und die kahlen Wände machten es nur noch schlimmer. Alles, was er sagte, verstärkten und schmetterten sie uns in doppelter Lautstärke rechts und links um die Ohren.

Was tun? Aufstehen und gehen? Das war nicht möglich, denn wir hatten ja schon unsere Getränke vor uns und außerdem das Essen bestellt. Doch die Situation wurde mir zunehmend unerträglich. Ich wusste nicht, wie ich reagieren sollte.

Aber dann geschah etwas vollkommen Unerwartetes: meine Frau ergriff das Wort. Und wie! Unvermittelt begann sie nämlich in derselben Lautstärke zu reden wie der Mensch neben mir. Und zwar über ein Thema, das ich in diesem Augenblick niemals erwartet hätte. „Ich geb jetzt Kurse in Beckenbodentraining!", sagte sie und betonte jeden Buchstaben. „Für Frauen. Aber Männer könnten das auch gebrauchen. Schließlich haben die auch einen!"

Ich war völlig perplex; so kannte ich sie nicht. Was dachte sie sich? Natürlich hatte sie nicht das Stimmvolumen unseres Tischnachbarn, obwohl sie regelmäßig in zwei Chören singt. Doch was die Intensität betraf, konnte sie es mit ihm aufnehmen. Und nicht nur das: sie hatte auch dem angeberischen Gefasel von Motorleistung und Geschwindigkeit etwas entgegenzusetzen: die Leistungsfähigkeit eines gut trainierten Beckenbodens. Jawohl: Beckenboden! Das war ihr Thema, über das sie aus heiterem Himmel aufdringlich referierte. Thematisch für mich nichts Neues; sie ist Physiotherapeutin. Aber unserem nachbarlichen Motorenkenner verschlug es die Sprache, als sie ihr Fachwissen zum besten gab und unerschütterlich immer wieder das Wort Beckenboden wiederholte. Bek-ken-bo-den!

Es dauerte nicht allzu lange, bis der junge Mann mit Lederjacke seinen Redefluss unterbrach und meine Frau anstarrte, als sei sie nicht mehr ganz richtig im Kopf. Und was tat sie? Als sie seinen Blick bemerkte hatte, sprach sie ganz normal in Zimmerlautstärke weiter.

Er auch.

14

Nicht mehr dieselbe

Die Frau hatte sich verändert! Irgendetwas musste mit ihr passiert sein. Aber was?

So oft ich mir diese Frage stellte, so oft fand ich keine Antwort. Nachts, wenn ich aufwachte, zerbrach ich mir den Kopf; manchmal konnte ich nicht wieder einschlafen. Ich war überzeugt, dass diese Frau nicht mehr dieselbe war wie vorher. Doch warum, das konnte ich mir nicht erklären.

Sie wohnte ganz in der Nähe. Obwohl wir uns schon oft begegnet waren, hatten wir uns nie gegrüßt. Vielleicht lag es daran, dass sie selten allein unterwegs war. Meistens traf ich sie auf der Geschäftsstraße, die mitten durch unseren Stadtteil verläuft. Sie hatte sich eng bei ihrem Mann eingehakt, und die beiden schienen immer etwas Wichtiges besprechen zu müssen. Auf ihren Gesichtern spielten oft heftige Emotionen, die mich gelegentlich zu den gewagtesten Vermutungen verleiteten. Und mehr als einmal hätte ich allzu gern gewusst, was sie da Arm in Arm so intensiv zu diskutieren hatten. Aber so sehr ich mich bemühte, mit ihnen Schritt zu halten, wenn sie vor mir her gingen: viel mehr als ein paar unzusammenhängende Worte konnte ich nie verstehen. Es war, als hätten sie ein Geheimnis zu hüten. Als gäbe es unter all den Menschen, die sich mit ihnen auf dem Markt oder irgendwo sonst drängelten, nur den einen, an den sie sich so eng angelehnt hatten.

Die beiden hatten dieses Leben wohl schon seit vielen Jahren geführt. Man musste nicht zweimal hinsehen um zu begreifen, dass sie offenbar alles miteinander teilten, nicht nur die Spaziergänge oder das Einkaufen.

Beide waren ungewöhnlich klein. Vielleicht, dachte ich, war das der Grund, warum sie sich ineinander verliebt hatten. Außerdem hatten sie beide eine kräftige, braune Gesichtsfarbe, sommers wie winters - vielleicht die Auswirkung einer Höhensonne, die seit Jahrzehnten zu ihrem Haushalt gehörte. Beide schienen sie großen Wert auf ihre Kleidung zu legen; jedenfalls hatte ich sie nie nachlässig oder gar geschmacklos gekleidet gesehen. Und beide hatten sie stets ein Blümchen im Knopfloch - im Sommer an ihren leichten Jacketts (sie trug auch eines, genau wie er) und im Winter an ihren Mänteln.

Immer, wenn ich ihnen begegnete, verlor ich mich in Spekulationen über ihre Lebensführung. Waren sie so aufeinander fixiert, dass sie alles andere um sich herum kaum oder gar nicht wahrnahmen? War ihr Tageslauf bis ins kleinste Detail strukturiert? Waren sie vielleicht sogar etwas spießig, worauf die Höhensonne und die Blümchen hinweisen könnten?

Kein Zweifel bestand jedenfalls daran, dass etwas ganz Wesentliches geschehen sein musste. Doch ich konnte nicht herausfinden, was. Worin die Veränderung bestand. Und dass ich in der Nacht mehr als einmal darüber ins Grübeln geriet, machte mich unruhig. Bis ich nach vielen Monaten und einem ganzen Winter endlich daran dachte, das persönliche Gespräch mit der Frau zu suchen.

Doch bevor ich das tat, war es etwas ganz Anderes,

Unerwartetes, das mich auf die richtige Spur brachte: Es war meine 3jährige Enkelin Ida und ihre Vorliebe für ein Spiel, das sie immer wieder spielen wollte, wenn wir am Mittagstisch saßen. Das Spiel heißt: „Oh Schreck, oh Schreck, ein Ding ist weg!" Die Frage wurde immer von Ida gestellt und richtete sich an alle anderen, die am Tisch saßen. Die mussten zunächst die Augen schließen und dann, wenn sie wieder geöffnet werden durften - Ida gab das Kommando dazu -, möglichst schnell sagen, welchen Gegenstand Ida vom Tisch genommen und versteckt hatte. Das war nicht immer leicht, denn es ist viel schwieriger, herauszufinden, was verschwunden ist als das zu benennen, was eventuell dazu gekommen ist. Als uns dieses Spiel wieder einmal beschäftigt hatte, fiel es mir wie Schuppen von den Augen…

Es war kein Zufall, dass ich in den Tagen danach viel öfter als sonst unterwegs war auf dem Markt oder zum Einkaufen oder zu irgendetwas Anderem, das dringend erledigt werden musste. Eine Art Jagdfieber war in mir erwacht, und ich hielt immer öfter Ausschau nach der Trophäe, um die es mir ging.

Und dann, endlich, schnappte die Falle zu. Das heißt, es war ja keine Falle, sondern eigentlich nur ein Moment, auf den ich gewartet hatte und der irgendwann eintreten musste.

Es war auf dem Markt. Und als sie mir entgegenkam - klein, braun gebrannt und eine kleine, weiße Rose im Knopfloch -, wusste ich es im selben Augenblick. Warum war ich darauf nicht eher gekommen? Ich konnte mich selbst nicht begreifen. Es war doch wirklich nicht zu übersehen! Und es war genau so, wie ich es nach Idas Spiel erwartet hatte: Die Frau war allein! Sie hatte sich nicht bei ihrem Mann eingehakt. Er ging auch nicht vor oder hinter ihr her. Nein: er war gar nicht mehr da. Die Frau war allein!

Ich war ungemein erleichtert, dass die Frage, die mich so lange beunruhigt, ja gequält hatte, endlich gelöst war.

Womit ich allerdings nicht gerechnet hatte, war das Problem, das sich ganz neu stellte. Denn von nun ab sah ich die kleine Frau nur noch allein, ohne ihren Mann. Und was mich jetzt umtrieb, war die Frage: Was war mit dem Mann geschehen? War er gestorben? Hatten sich die beiden getrennt? Und wenn ja: Was hatte zu ihrer Trennung geführt? Die beiden waren, so lange ich sie kannte, ein Herz und eine Seele. Hätte mich jemand gefragt, ob ich ein wirklich glückliches Paar kenne, hätte ich sofort an die beiden gedacht.

Einmal hatte ich sie mit ihren Einkaufstaschen gemeinsam in einem Hauseingang verschwinden gesehen, und es lag nahe, dass sie dort gewohnt hatten. Jedesmal, wenn ich jetzt dort vorüberging, guckte ich zu der Haustür hinüber: Würde sie vielleicht gerade jetzt herauskommen? Bis eines Tages mein Blick an der Fassade empor ging und ich die Frau auf einem Balkon im dritten Stock stehen sah. Diesen Balkon hatte ich schon oft bewundert, weil es dort in jedem Sommer üppig wuchs; ganze Wolken von blühenden Pflanzen hingen Jahr für Jahr weit über die Brüstung nach unten. Und jetzt? Gähnende Leere! Nur die Frau war dort zu sehen. Sie ragte kaum über die Brüstung hinaus. Stand da einfach und schien in die Ferne zu schauen.

Sie tat mir leid. Ich bereute, sie nie gegrüßt zu haben.

Denn hätte ich es getan, wäre es jetzt viel einfacher gewesen, mit ihr ins Gespräch zu kommen. Vielleicht hätte ich sie trösten können, ihr helfen, sie erleichtern. Ein bisschen Zuwendung hätte ihr bestimmt gut getan.

Ich wagte kaum hinaufzuschauen zu dem Balkon; ich wäre mir als Voyeur vorgekommen. Aber zugleich konnte ich es kaum lassen.

Wie lebte sie jetzt, so allein?

Ich richtete die Frage an mich selbst: Wie würde es mir gehen, wenn meine Frau gestorben wäre? Ich schüttelte die Frage ab wie eine eklige Spinne, die mir zu nahe gekommen war. Daran wollte ich auf gar keinen Fall denken. Und doch: diese Frau war jetzt in dieser Situation. Genau jetzt. Irgendwie musste sie damit zurechtkommen.

Ich nahm mir fest vor, sie anzusprechen. Wie, wusste ich noch nicht. Aber vielleicht würde sich eine Situation ergeben, und es würde mir gelingen, die richtigen Worte zu finden.

Das war leichter gedacht als getan. Jedesmal, wenn sie mir auf der Straße oder auf dem Markt begegnete, spannte sich alles in mir an. ‚Jetzt!‘, dachte ich. Aber dabei blieb es, denn ich fand einfach keinen Weg, sie unbefangen anzusprechen, geschweige denn ihr die Frage zu stellen, die mich so gefangen hielt. Und je mehr Zeit verging, und je öfter ich an der Frau vorüberging, ohne mit ihr zu sprechen, desto schwieriger wurde es natürlich. Bis ich mich schließlich damit abfand, die Frage nach Tod oder Trennung wohl oder übel zu begraben.

Aber als es so weit war - und das hatte einen weiteren ganzen Winter gedauert -, geschah etwas, das mich wie ein Schlag mit dem Hammer traf. Weil es so unerwartet geschah, weil ich nicht mehr daran gedacht hatte, und weil es die ungelöste Frage erneut stellte.

Als ich nämlich - es muss schon im Juni gewesen sein - wieder einmal an der bewussten Haustür vorüberging und diesmal, ich weiß nicht warum, nach oben zu dem Balkon guckte, hingen da wieder die blühenden Wolken über die Brüstung. Es war genau so wie damals. Und kaum hatte ich das bemerkt, sah ich, obwohl es nun schon fast zwei Jahre her war seit dem letzten Mal, wieder das Bild vor Augen, das mir über viele Jahre so selbstverständlich geworden war: die Frau am Arm ihres Mannes. Ein eng verbundenes Paar, beide klein, beide braun gebrannt mit Blümchen im Knopfloch, beide intensiv einer mit dem anderen sprechend und gestikulierend.

Die Wirklichkeit war das leider nicht. Denn wie immer in den beiden vergangenen Jahren sah ich die Frau nur noch allein.

Eines Tages jedoch, wiederum auf dem Markt, stand sie direkt neben mir am Gemüsestand. Ich hatte sie nicht wahrgenommen, bis sie mir allein wegen ihrer kleinen Gestalt auffiel. Beinahe hätte ich mich erschrocken, ihr, über die ich so viel nachgedacht hatte, plötzlich so nahe zu sein. Aber während sie bedient wurde und ihre Aufmerksamkeit auf Tomaten und anderes Gemüse richtete, konnte ich sie ganz unauffällig betrachten. Und was ich sah, befreite mich von all den Visionen, die mich so lange gefangen genommen hatten. Denn sie sah nicht unglücklich aus. Ganz und gar nicht. Und im selben Moment fiel mir ihr Balkon ein. Und ich war mir sicher: es ging ihr gut.

Als sie bezahlt hatte und einen Schritt zurücktrat, stieß sie mich versehentlich an.

„Entschuldigen Sie, bitte!", sagte sie.
„Kein Problem!", sagte ich.
Sie lächelte.